閱讀123

國家圖書館出版品預行編目資料

泡泡精靈. 3, 大戰深海巨獸/ 嚴淑女文 ; 蜜可魯圖. -- 初版. -- 臺北市 : 親子天下股份有限公司, 2021.08
120 面 ; 14.8×2 公分
ISBN 978-626-305-031-0（平裝）
863.596　　110008989

泡泡精靈③ 大戰深海巨獸

文｜嚴淑女
圖｜蜜可魯

責任編輯｜陳毓書
美術設計｜蕭雅慧
行銷企劃｜林思妤、劉盈萱

天下雜誌群創辦人｜殷允芃
董事長兼執行長｜何琦瑜
媒體暨產品事業群
總經理｜游玉雪
副總經理｜林彥傑
總編輯｜林欣靜
資深主編｜蔡忠琦
版權主任｜何晨瑋、黃微真

出版者｜親子天下股份有限公司
地址｜台北市 104 建國北路一段 96 號 4 樓
電話｜（02）2509-2800　傳真｜（02）2509-2462
網址｜ www.parenting.com.tw
讀者服務專線｜（02）2662-0332　週一～週五：09:00~17:30
讀者服務傳真｜（02）2662-6048　客服信箱｜ parenting@cw.com.tw
法律顧問｜台英國際商務法律事務所．羅明通律師
製版印刷｜中原造像股份有限公司
總經銷｜大和圖書有限公司　電話：（02）8990-2588

出版日期｜ 2021 年 8 月　第一版第一次印行
2023 年 4 月　第一版第二次印行
定價｜ 280 元
書號｜ BKKCD149P
ISBN ｜ 978-626-305-031-0（平裝）

泡泡精靈 3

大戰深海巨獸

文 嚴淑女 圖 蜜可魯

目錄

12
81%
4
珊瑚迷宮
44
5
深海巨獸大追擊
66
6
祕密任務
94
7
拯救泡泡星
110

1 人魚公主有危險了！

「救命啊！誰來救救我啊！」

海面上一隻大章魚揮舞著巨大觸手，緊緊捉住人魚公主。

聽到呼救聲，一艘泡泡飛船立刻從大海的泡泡中衝出來。

露露和波波走出飛船，按下變身按鈕，大喊：

他們跳上泡泡衝浪板，衝上高高的浪頭。

波波把泡泡足球踢向大章魚，卻被牠的觸手拍飛了！

露露和波波馬上拿出泡泡彈弓，準備發射，沒想到彈弓卻卡住了！

他們拚命敲打彈弓，好不容易才成功發射好多顆「癢癢哈哈笑彈」。

大章魚一邊抓癢一邊哈哈大笑。牠一鬆開人魚公主，波波和露露馬上衝過去接住公主。

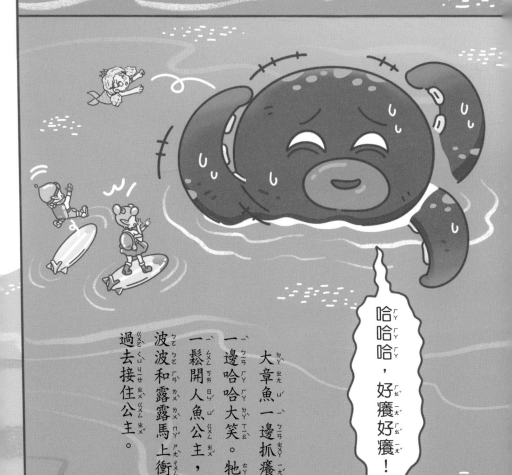

人魚公主貝貝卻生氣的大喊：「你們是誰啊？」

「唱給你聽！」波波和露露得意的按下泡泡智慧錶，四周立刻飄出好多彩虹泡泡，他們一邊跳泡泡踢踏舞、一邊唱：

踢踢踏踏踢踢踏，

一起來吹泡泡！

願望泡泡飛上天，泡泡精靈就來到！
我是波波！我們可是泡泡星最厲害的泡泡精靈喔！
泡泡精靈？沒聽過！

「你沒聽過？」露露驚訝的說：「只要對著各種泡泡許願，泡泡精靈就可能幫你完成願望。我們剛剛就實現你的緊急願望，從凶惡大章魚爪中救你出來。」

「誰要你們救我，我又沒有許願！」貝貝氣得大叫。

「你沒許願？泡泡智慧錶出錯了嗎？」露露看了資料，才發現訊息不完整。她緊張的問：「你是公主貝貝吧？」

許願者
人魚
願望
力……保……海洋，
拯救……公主貝貝
許願次數：7 次
願望泡泡：7 顆
我是啊！我和菲菲的戰鬥訓練都被你們破壞了！

原來你們認識呀！我可以跟你和菲菲一起訓練嗎？
好呀！
不行！菲菲正陪我做重要的模擬比賽。你們看錯任務，還跑出來搗亂，氣死我了！
對不起！我們也是第一次遇到泡泡智慧錶出錯的狀況。

「哎呀，『人有失足，馬有失腳』啊！」波波笑瞇瞇的說。

「是『馬有失蹄』。」露露說。

「意思差不多啦！」波波問：「露露，會不會是智慧錶壞掉了？剛才泡泡彈弓也卡住了。」

露露想起出任務前，她看見願望能量球的能量指數很低。她緊張的大叫：「一定是願望能量球的能量不夠，傳送到錶上的資料不完整，裝備也失靈了！」

有可能喔！我也發現泡泡星有好多破洞。
那我們要快點完成任務，獲得更多願望能量，否則泡泡星就會消失！
泡泡星消失，跟我無關。菲菲受傷，不能參加總決賽。我要快去找新隊員！

露露拉住貝貝問：「你真的沒許願嗎？」

貝貝甩開露露的手說：「我沒有！」

「你一定有對泡泡許願，願望泡泡才會飛到泡泡星。」露露肯定的說。

貝貝回想，她每天都對大海說「加入海洋保衛隊，拯救海洋。」今天終於通過初賽，她必須找兩個隊員組隊，參加總決賽。

露露開心大叫：「原來你是對海洋泡泡許願！」

太好了！那我們來組成「泡泡精靈公主隊」，幫你實現願望，一定很好玩！
我努力那麼久都沒有實現。你們真的能幫我嗎？
你的努力，加上我們的幫忙，一定沒問題！請跟我唸實現願望的三大密語。
1. 改變想法
2. 真心相信
3. 馬上行動

泡泡精靈公主隊出發！

他們一跳進海裡，泡泡精靈服自動變成有人魚尾巴的海洋服裝，還能讓露露和波波在海洋中自由呼吸。

2. 泡泡精靈公主隊

在海裡游得飛快的貝貝一邊游一邊大喊：

「游快點！我們要先到人魚城堡的門口報到，人魚守衛會帶我們去海洋保衛隊的總部集合。」

波波和露露還不習慣用魚尾巴在海裡行動。

他們一下子被海草捲住；一下子被困在巨大的沙丁魚群中。

快跟上！

等等我！
快按泡泡皮帶上的加速按鈕！
快點！快點！再晚就來不及了！
我……我快不能呼吸了！

你們最好快點適應，不要害我輸掉總決賽！
我們第一次出海洋任務，需要適應一下。
泡泡精靈也太弱了吧？
快按氧氣按鈕！

露露和波波慢慢適應後，終於可以跟上貝貝了。他們看著五顏六色的珊瑚搖曳生姿，就像美麗的海底花園。

露露問貝貝：「你為什麼一定要加入海洋保衛隊？」

貝貝握緊拳頭說：「我要證明給爸爸看，女生也能成為優秀的保衛隊員！」

露露很有自信的說：「只要實踐完成願望的三大密語，你一定可以！」

貝貝大聲說：「對！我可以做到！這次一定要成功！」

「沒問題！」波波倒立搖搖尾巴，跟露露和貝貝擊掌。

他們快速朝人魚城堡門口游去，順利完成報到。

人魚守衛帶他們去海洋保衛隊總部，一到入口就看見左右兩根人魚守護神的巨大石柱，矗立在眼前。正前方的大桌子上有海底模型，兩邊牆面掛滿各式各樣保衛海洋的武器和設備，另外入選的兩隊也在裡面了。

「哇！好壯觀喔！」露露驚呼著，波波好奇的摸摸大石柱。

貝貝興奮的說：「總部平時戒備森嚴，只有正式隊員才能進入。我常聽哥哥說他們在這裡擬定作戰計畫，進行武術訓練，我好羨慕啊！今天我終於進來了！」

貝貝看到威利和飛虎也入選了，她開心的打招呼。

威利強大隊
特殊專長、威力強大
人魚威利
小河豚
小鯨
大家好！
人魚公主貝貝
露露
泡泡精靈公主隊
反應快速、創意無限
波波

第六十六屆海洋保衛隊總決賽
飛虎快閃隊
十分靈活、高速快閃
人魚飛虎
小海豚
螃蟹

「哇！縮小的海底世界！」

露露指著模型驚訝的說。

波波對牆上的設備很好奇。他想去摸的時候，就看到中央的牆面轉出一個舞臺，臺上有三位人魚。上方掛著第六十六屆海洋保衛隊總決賽的布條。

「哇！可以轉動的牆面，一定很好玩，我也要轉轉看！」波波馬上跳上舞臺。

貝貝和露露嚇得大喊：「波波，不要亂轉！」

坐在椅子上的年輕人魚，飛快衝到牆邊，擋住波波。

他請波波回到臺下之後，微笑著說：

「大家好！我是海洋保衛隊隊長凱力王子。恭喜三隊進入總決賽。我和國王、將軍會擔任總決賽的評審。」

第六十六屆海洋保衛隊總決賽

哇！好帥的王子啊！

他是我哥哥。我的夢想就是像他一樣，當上保衛隊隊長。

總決賽有三關。我會跟著你們，讓你們知道每一關的地點和任務。國王和將軍會在總部觀看水波螢幕中的比賽實況。

第一關在威基基小島，快跟我來！
是！隊長！
是！隊長！

3. 海豚救援大行動

他們一浮出海面，就看到沙灘被分成三區。每區各有三隻模型海豚。

凱力王子說：「第一關，海豚擱淺在沙灘，如何快速救援？請在五分鐘內完成任務。計時開始！」

他一說完，威利強大隊立刻行動。

威利得意的說：「這對威利強大隊來說太容易了。小鯨快使出你的絕招！」

小鯨魚噴出強力水柱，將威利送到沙灘上。強壯的威利立刻抬起三隻模型海豚，再乘著水柱快速回到海面上。

凱力王子看了計時器，大喊：「只花三分三十秒就完成任務，威力太強大了！」

緊接著，飛虎快閃隊也出動了！飛虎騎在小海豚的背上，快速從海面上衝過來。

飛虎甩動手中的救生網，就在小海豚靠近岸邊往上跳躍的時候，他快速將網子往岸上一拋，

展開的大網包住三隻模型海豚。他用力一拉，將海豚拋回海中。飛虎只花了三分十秒，就用他神乎其技的速度和魔網，快速完成任務。

哇！魔網快攻太厲害了！
哼！每次比速度，我都輸給威利和飛虎，怎麼辦？
你別急！只要想出加快速度的方法，在五分鐘內完成就行了。

貝貝越急越想不出方法。波波一邊用手轉著泡泡足球，一邊想。一不小心，足球掉下去了！

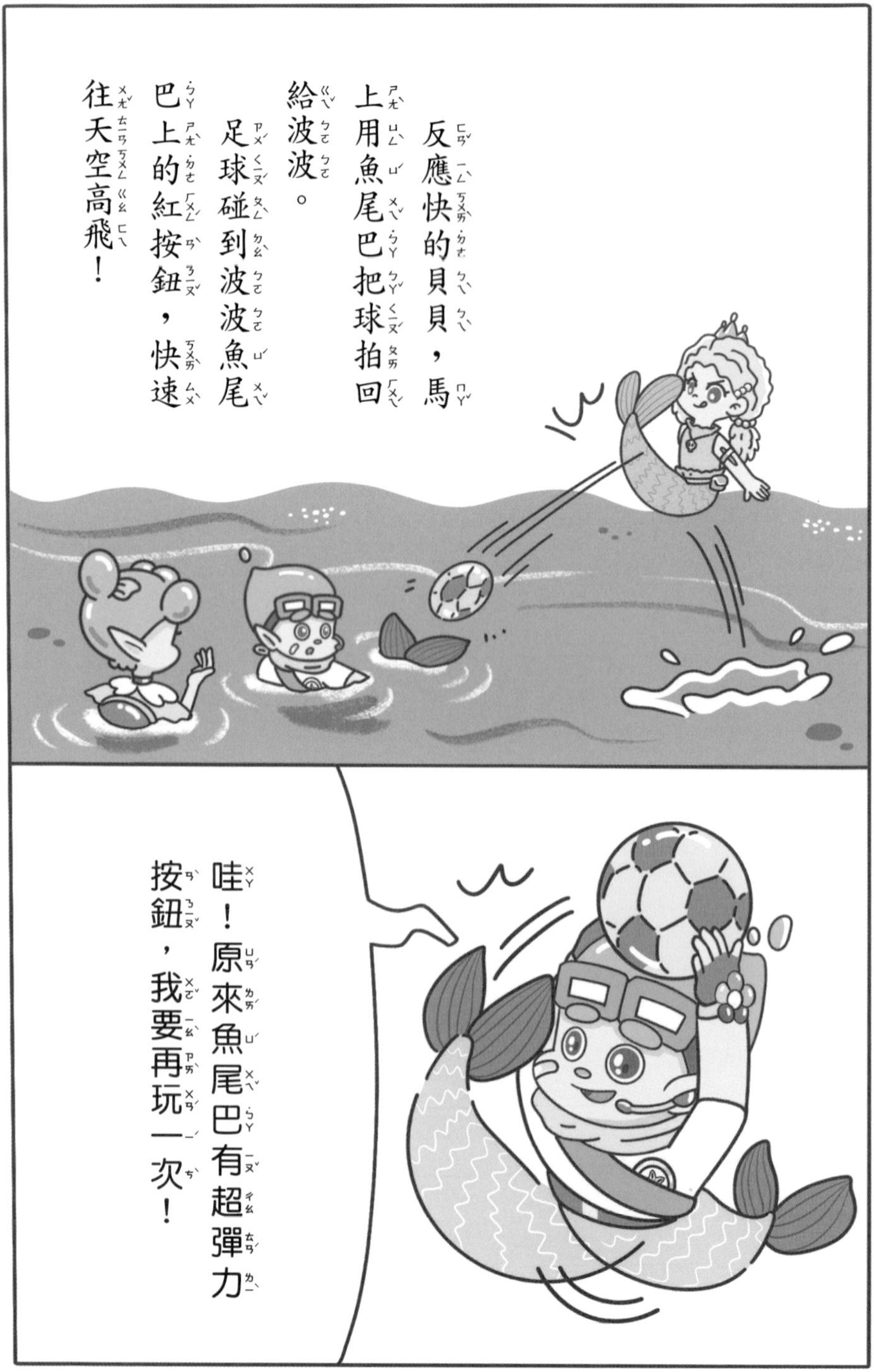
反應快的貝貝，馬上用魚尾巴把球拍回給波波。
足球碰到波波魚尾巴上的紅按鈕，快速往天空高飛！
哇！原來魚尾巴有超彈力按鈕，我要再玩一次！

波波舉起泡泡足球，魚尾一彈，球快速被拍飛到沙灘上。

「哇！好厲害！」貝貝驚訝大叫。

露露也大叫：「我想到好點子了！」

露露按下智慧錶上的藍泡泡，飄出一顆救援泡泡球。她和貝貝馬上進入球中。露露按下泡泡耳機說：「波波，快把我們拍到沙灘上！」

「沒問題！」波波按下按鈕，魚尾巴再用力一拍，泡泡球快速滾落在沙灘上。露露打開泡泡球，貝貝馬上用救生網網住三隻模型海豚。

她們把海豚拉進泡泡中，再一起把泡泡球快速滾回大海裡。

他們終於在五分鐘內順利完成任務，通過第一關。貝貝和露露、波波手拉手，開心的在海面上跳舞。

凱力王子對貝貝比出讚的手勢，轉頭對大家說：「這關測試速度。恭喜三隊都在時間內過關了！第二關在珊瑚迷宮，動作快！」

「是！隊長！」三隊隊員立刻跟著王子往海底快速游去。

貝貝，你的新隊員挺厲害！
那當然！

4. 珊瑚迷宮

他們停在五顏六色的巨大珊瑚礁和長長的綠海草組成的迷宮前面。

突然，迷宮傳來求救聲。

救命啊！
你們必須在迷宮中找到一種需要緊急救援的生物，進行安全救援。

另外兩隊馬上游進去！露露和波波也要游進去時，貝貝喊著：「等一下！用我給的貝殼標示位置，才不會迷路。我們兵分三路，誰先找到救援生物，就吹項鍊上的海螺通知大家。」

「沒問題！」他們三個馬上游進不同的迷宮通道。

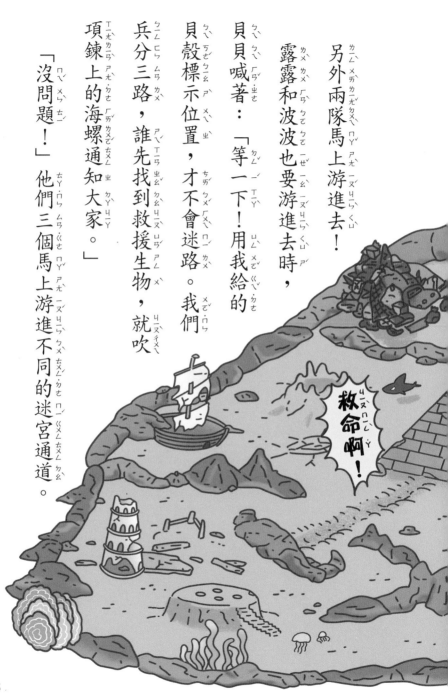

熟悉海洋的貝貝在迷宮裡到處穿梭，正好看到威利強大隊找到誤食塑膠袋的模型海龜。
膨脹成刺刺球的小河豚，想把塑膠袋慢慢的勾出來。
沒耐心的威利大喊：「太慢了！」他用力一扯，把塑膠袋拉斷了！
威利，你每次都這麼粗魯，怎麼保護海洋生物，快給我！
哼！你別想搶走我找到的救援生物！

威利把手伸進
搶回來的
烏龜嘴裡，
又挖又拉，
把烏龜模型弄斷了！
模型烏龜發出紅色
信號彈，響起警告聲：

救援失敗！

威利嚇得跌坐在海底。貝貝指著
他說：「你沒聽隊長說要進行安全
救援嗎？你肯定出局了！」
貝貝說完就氣呼呼的游走了。

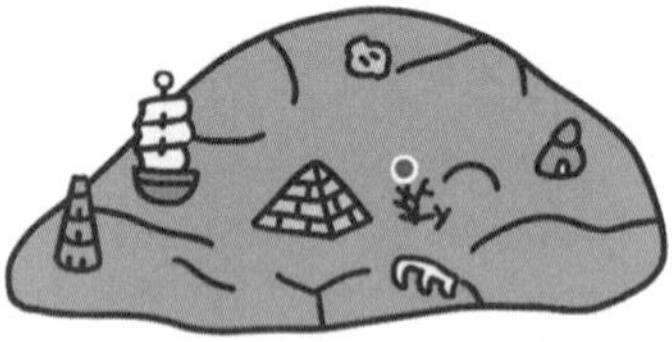

很怕迷路的露露，一邊游一邊在轉彎處放下貝殼。她轉了幾個彎之後，一不小心就撞上小海豚和飛虎。

飛虎說：「小心點！」

「對不起！」露露才一說完就聽到求救聲。

她看到珊瑚礁上有三隻被廢棄漁網困住的模型小丑魚。她正要吹海螺的時候，飛虎立刻游過去用石刀切斷漁網，再讓螃蟹小心的剪掉小魚身上的細線。

被救出的模型小丑魚發出綠色信號彈和歡呼聲：

救援成功！
討厭！被搶先了！

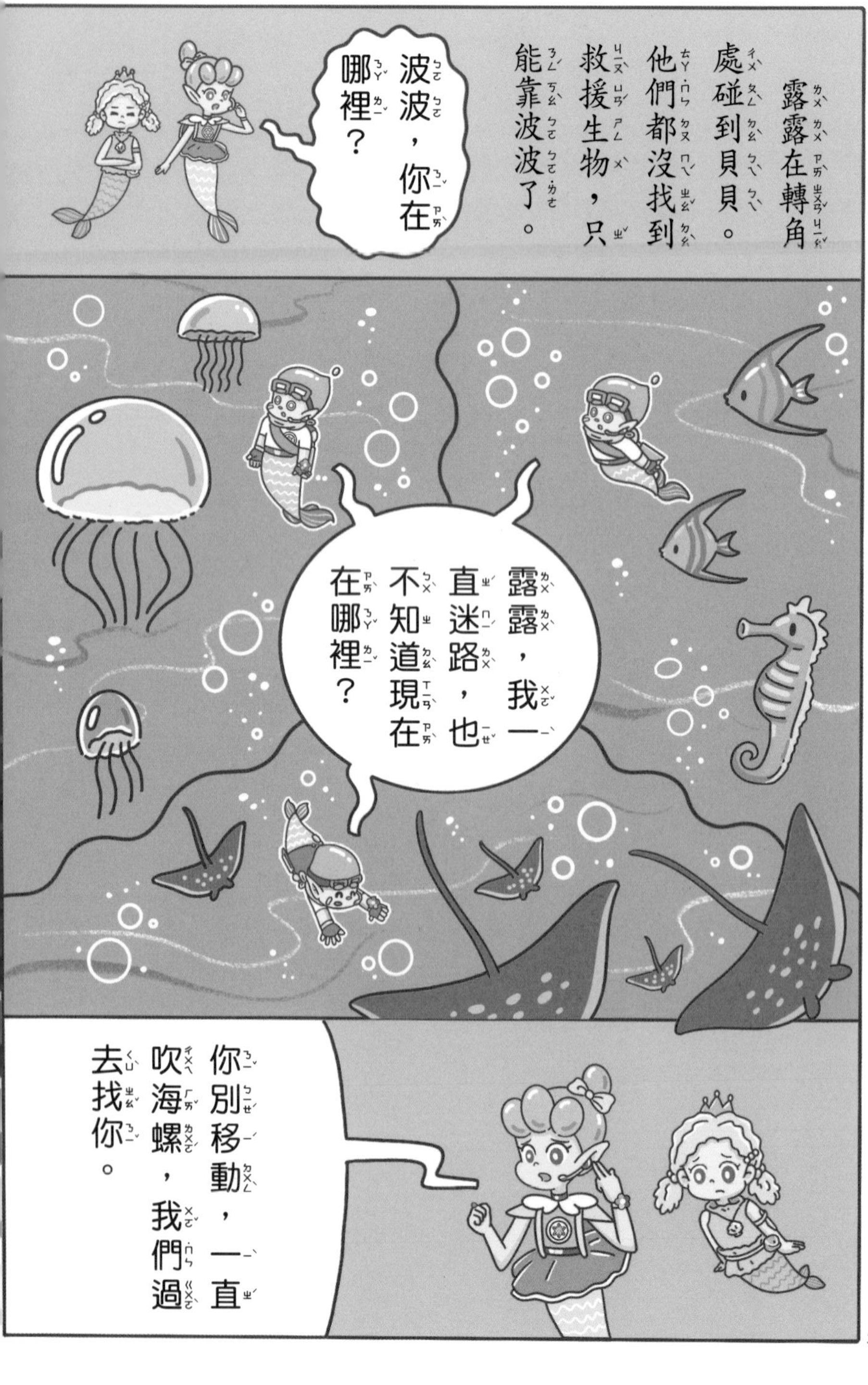
露露在轉角處碰到貝貝。他們都沒找到救援生物，只能靠波波了。
波波，你在哪裡？
露露，我一直迷路，也不知道現在在哪裡？
你別移動，一直吹海螺，我們過去找你。

聽著持續的海螺聲，露露和貝貝很快就找到波波了。

波波，你有找到需要救援的生物嗎？

沒有。不過，我發現海底世界神奇又好玩。

我就知道你一定跑去玩，沒有認真找！

不能再浪費時間了！我們快去別的地方找找。

氣呼呼的貝貝才一游出去，就看見一個巨大黑影朝他們衝過來！她急著大喊：

鯊魚來了！

哇！好大的魚！
快來跟我玩！
危險！
沒想到鯊魚衝過來，咬破波波手中的紅布，還差點咬到他的尾巴！

貝貝和露露趕快把波波拉到珊瑚礁後面躲起來。

「小心點！鯊魚很凶，快跟我來！」貝貝帶他們一游出去，鯊魚立刻衝過來。

他們嚇得在迷宮中亂游，鯊魚緊追不捨，波波和露露已經快游不動了！

貝貝從腰包中拿出小假魚，朝另外一條通道游去。她揮舞小魚大喊：「笨鯊魚，快過來！」

鯊魚一游過來，貝貝馬上把小假魚往反方向丟。沒想到鯊魚沒有去咬小假魚，反而朝貝貝衝過來。

危險！快去救貝貝！
快按加速鈕！

露露和波波加速衝到貝貝旁邊，一群魔鬼魟魚剛好游過來，擋住鯊魚的視線。

貝貝靈機一動：「快躲在魟魚後面！」

貝貝教他們在魟魚的掩護下，一邊揮舞大叫，一邊把鯊魚引到一個鯨魚骨形成的柵欄，把牠困在裡面。
危機終於解除了！
他們靠在大石頭上休息時，波波看見一隻小黑魚游得好慢好慢。
?!

波波把小魚捧在手心才發現，牠被橡皮圈綁住了！
貝貝趕快用石刀切斷橡皮圈，救了小魚一命。

波波又看到塑膠瓶和保麗龍漂過來，他好奇的游過去。他游到大石頭後面，驚訝的大喊：「哇！好大的山啊！」

聽到波波的叫聲，貝貝和露露馬上游過來看。

貝貝看到迷宮出現新的海洋垃圾山，她覺得一定有問題。

貝貝繞著垃圾山仔細觀察結構，輕輕敲打，側耳傾聽。她驚呼：「我聽到呼救聲了！必須馬上開挖，進行救援。」

貝貝教波波和露露把海草綁成長條，把這區圍起來。她再仔細測量和計算後，教他們用海草把大貝殼和樹枝綁成鏟子，小心的開挖，讓垃圾山倒向另一邊，才不會傷到生物。

他們花了一段時間，終於讓垃圾山安全倒下，成功救出被困在裡面的模型海豹。海豹發出綠色信號彈和歡呼聲：

救援成功！

他們同時聽到凱力王子的廣播聲：「測驗結束。請三隊立刻回到迷宮入口。」

他們一回到入口，凱力王子宣布這關測試安全救援。威利強大隊嚴重犯規，出局！他馬上帶著另外兩隊游向人魚城堡。

5. 深海巨獸大追擊

沒想到，他們一到人魚城堡，就聽到城堡頂端的海螺吹起巨大聲響！從城堡中傳來廣播聲：「危險警告！危險警告！人魚城堡遭受深海巨獸的攻擊，有八隻人魚被捉走了！海洋保衛隊立刻出動，拯救人魚族！」

波波、露露和貝貝沒想到會遇到這種緊急狀況，該怎麼辦呢？

貝貝想要向凱力王子求救時，發現他已經不見了！

哥哥一定帶海洋保衛隊去救援了！這隻深海巨獸非常凶惡，常常來攻擊人魚城堡，我們快去幫忙！

「我們要去哪裡找深海巨獸呢？」露露問。

「飛虎，你不是一直在研究深海巨獸躲在哪裡嗎？」貝貝說。

「深海巨獸應該躲在馬里里海溝。我剛剛看到一個巨大的黑影，往深海游去，應該是牠！我們先過去，你們也快點過來支援！」飛虎馬上把螃蟹放進袋子裡，他搭著小海豚的鰭，快速朝深海游去。

「波波、貝貝快上泡泡潛水艇！」露露也按下黃泡泡，叫出泡泡潛水艇。

露露設定馬里里海溝之後，打開燈，潛水艇快速朝深海前進。

潛水艇越潛越深，四周變得漆黑一片。

突然，砰一聲！潛水艇撞到東西了！一顆巨大的眼睛貼在潛水艇的玻璃上，他們嚇得閉上眼睛大叫！

過了一會兒，他們睜開眼睛，發現大眼睛不見了，才鬆了一口氣。

沒想到，又傳來啪一聲巨響，潛水艇好像被什麼東西吸住後，開始上下搖晃，緊接著就被快速的往下拉！

露露急得按下脫逃按鈕，潛水艇發出噗噗聲，卻無法掙脫。

波波要幫忙時，望向窗外，突然大喊：「你們看，有船！」

貝貝發現沉船四周散落人魚的頭巾，她說：「深海巨獸可能把人魚捉到沉船裡！」她才說完，潛水艇咚！被摔落海底！

露露打開門，貝貝搶先游向沉船。她揮手大喊：「船底有破洞。我們快進去找找！」

「好！可是裡面好暗。」露露說。

「快用泡泡眼鏡2000型的超亮夜光燈！」波波戴好眼鏡，

按下按鈕，四周馬上變亮，他們快速游進去。

一游進船裡，波波覺得有東西跟著他們。他一轉身就看見三張鬼臉，他嚇得大叫：
啊！有鬼！
露露馬上拿出黏踢踢泡泡槍。
快躲到我背後！

噓！小聲點。我是飛虎，還有小海豚和螃蟹。
飛虎！你有找到人魚族嗎？
我到處都找過了，還是沒找到。

第一次到海底沉船的波波，雖然覺得有點恐怖，但是好奇的他還是到處游來游去。

波波馬上用力拉起一片木板，他看見一道往下的樓梯。

「原來還有祕密船艙！」貝貝大叫。

「快下去看看！」露露拿著黏踢踢泡泡槍，波波負責照明，大家一起游進去。

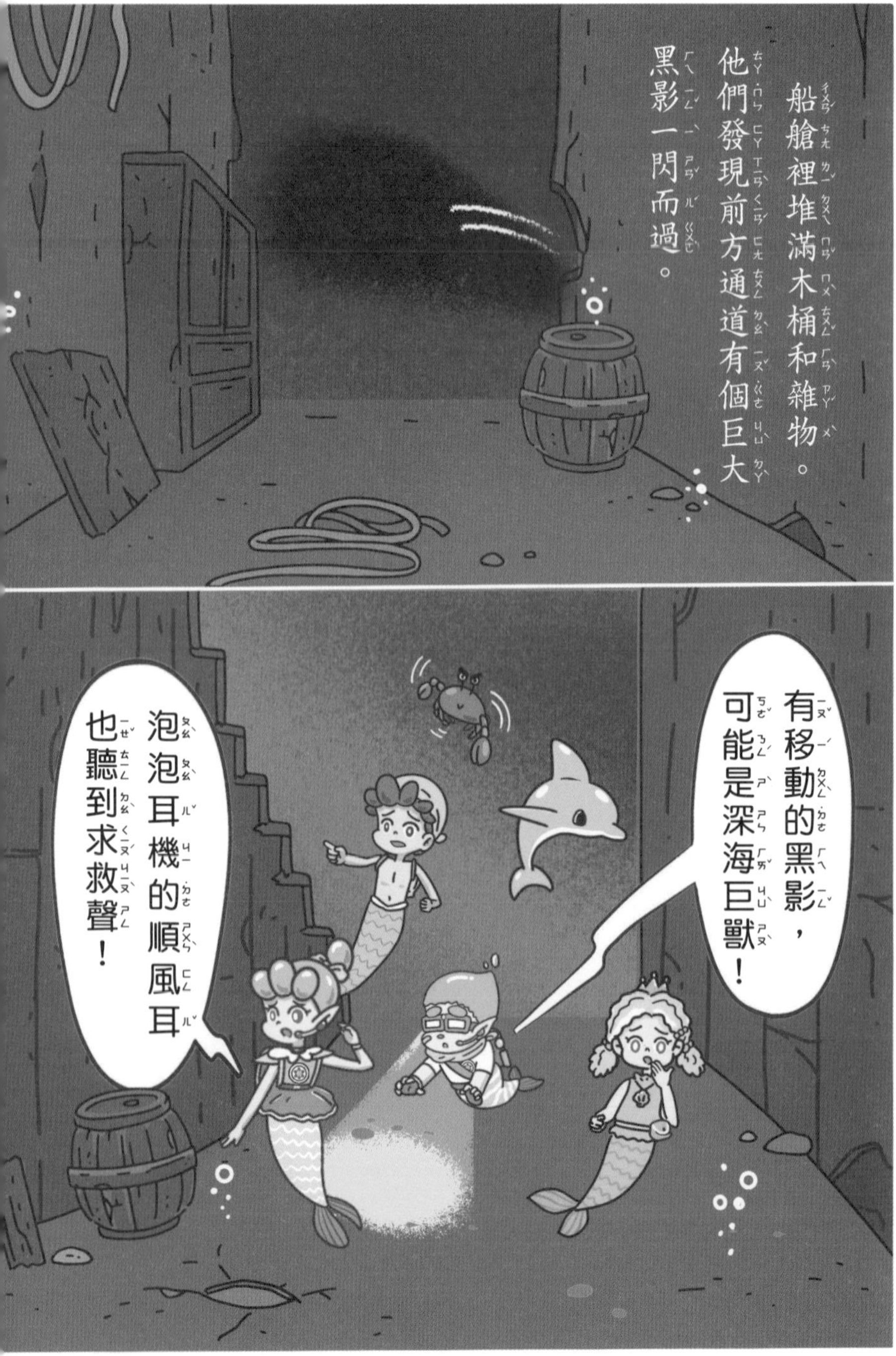
船艙裡堆滿木桶和雜物。
他們發現前方通道有個巨大黑影一閃而過。
有移動的黑影，可能是深海巨獸！
泡泡耳機的順風耳也聽到求救聲！

一定是人魚族！
快去救援！
救命啊！快來救救我們啊！

波波和露露聽著順風耳的呼救聲，帶大家游進被夜明珠照亮的大艙房，就被大章魚甩出的巨大觸手攻擊了！飛虎一躍而上，用繩子綁住章魚。章魚立刻掙脫，把飛虎捲起來，再甩飛出去！

飛虎摔到地板上，尾巴還被木板壓住了！

小海豚拚命推他，但是飛虎還是動不了。眼看大章魚一步步逼近，巨大的觸手朝飛虎伸過來了！

「飛虎，快拉住繩子！」貝貝拋出繩子，飛虎馬上捉住，露露和波波拉住貝貝的尾巴，大喊：「用力拉！」

他們用力拉，加上小海豚拚命的推，就在大章魚的觸手甩過來時，飛虎順利掙脫木板，逃出來了！

他們快速鑽進船艙的破洞裡。章魚的大觸手馬上伸進破洞拚命亂捉，還好洞口小，捉不到他們。

貝貝趕快拿出醫藥包，幫飛虎包紮受傷的尾巴。

大家快想想，有什麼方法可以打敗大章魚，又能救出八隻人魚？
我想到了！

我唱催眠曲給大章魚聽。等牠睡著，再救出人魚。

你別唱了吧！上次泡泡晚會上，你那魔音傳腦的可怕歌聲，把大家都嚇跑了，大章魚怎麼可能睡著。

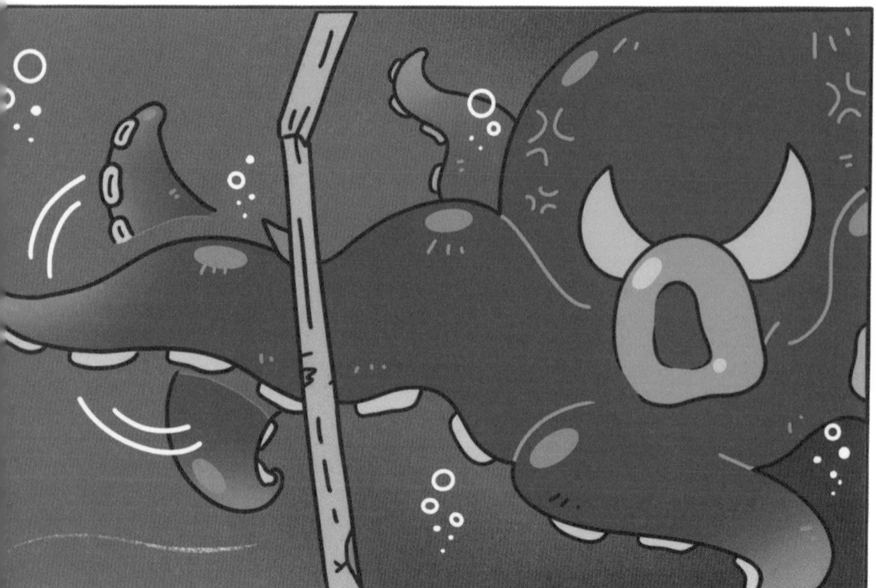

魔音傳腦？啊！我記得有一次我在戰鬥訓練中打敗菲菲，我開心的唱了人魚天團的招牌歌。菲菲抱著頭，馬上逃走了！

對了！我上次練習爵士鼓時，在一旁的菲菲一聽到打擊樂的聲音，也是抱著頭，立刻逃走了！

聽他們說完，露露靈機一動：「我想到好辦法了！」她說明計畫之後，馬上指揮大家分頭行動！

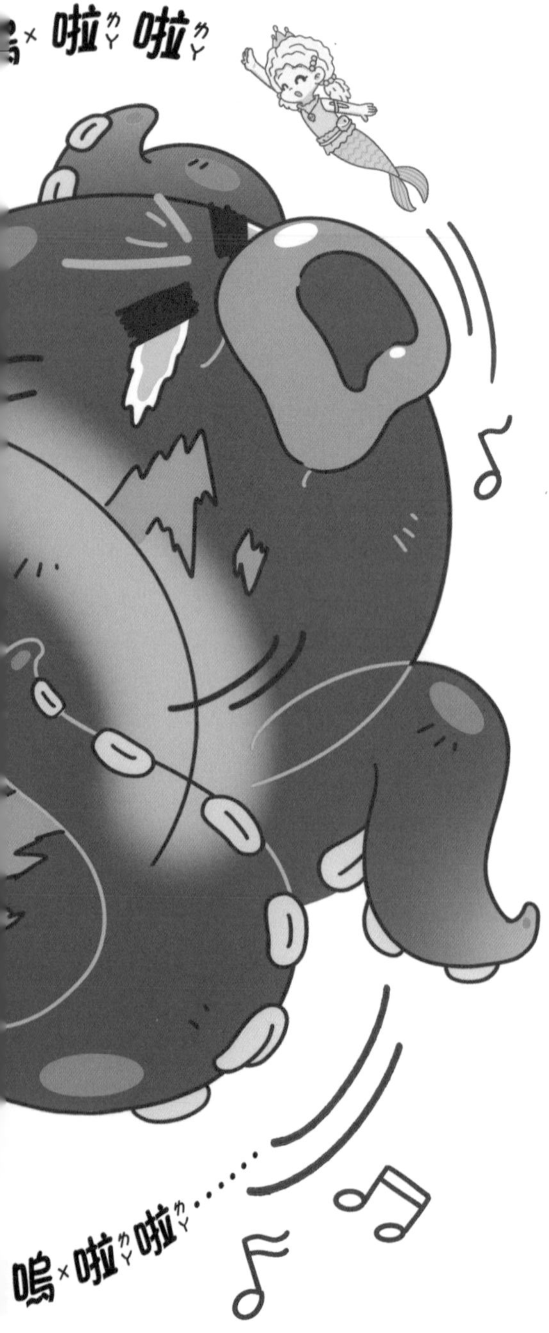

貝貝和波波練唱完成，立刻發動第一波攻擊。

他們悄悄游到大章魚附近，開始大聲唱。

聽到聲音的大章魚，馬上舞動觸手，飛撲過來。貝貝和波波立刻繞著大章魚快速轉圈，更大聲的邊唱邊跳「**嗚啦啦嘎嘎嗚啦啦，嗚啦啦嘎嘎嗚啦啦……**」

貝貝和波波的歌聲實在太難聽了，大章魚開始抱著頭，八隻大觸手拚命亂甩。

露露看到「魔音傳腦」有效之後，她馬上用泡泡蝴蝶結播放「恐怖打擊樂」，讓大章魚更加受不了，牠準備要從船艙的大破洞逃出去了！

她和飛虎拿著泡泡繩，快速繞著大章魚轉了十幾圈。把牠綁成一顆巨無霸章魚燒。

小螃蟹再用大螯朝大章魚的觸手夾夾夾，讓牠痛得哇哇大叫。

「喔耶，我們捉到深海巨獸了！」波波開心的大叫。貝貝和飛虎立刻打開柵欄，放出八隻人魚。

這時候，突然有一個海洋保衛隊的隊員游進來，說：「緊急通知！『泡泡精靈公主隊』和『飛虎快閃隊』立刻回總部！」

「發生什麼事了？」露露緊張的問。

波波把眼鏡往上推，他好奇的看看四周說：「奇怪，凱力王子怎麼沒有和保衛隊在一起呢？」

「啊！哥哥一定出事了！我們快回總部！」貝貝急著游出沉船，露露馬上叫出泡泡潛水艇，他們搭著潛水艇加速回到人魚城堡。

6. 祕密任務

他們一游進總部，就看見一隻大章魚，揮舞著巨大的觸手，擋住他們。

「啊！深海巨獸逃脫了！總部被攻擊了，馬上進行緊急作戰！」

貝貝指揮兩隊隊員，快速游到大章魚面前，拿出石刀防衛。

沒想到，大章魚竟然伸出觸手環抱貝貝，笑瞇瞇的說——
你不知道我是誰嗎？
你就是剛剛在海底沉船攻擊我們的深海巨獸啊！
大章魚用觸手捲起一片海草，擦掉臉上的顏料。

其實我沒有受傷啦。我是去執行凱力王子給我的祕密任務！
菲菲！你……你不是受傷嗎？怎麼會在這裡？

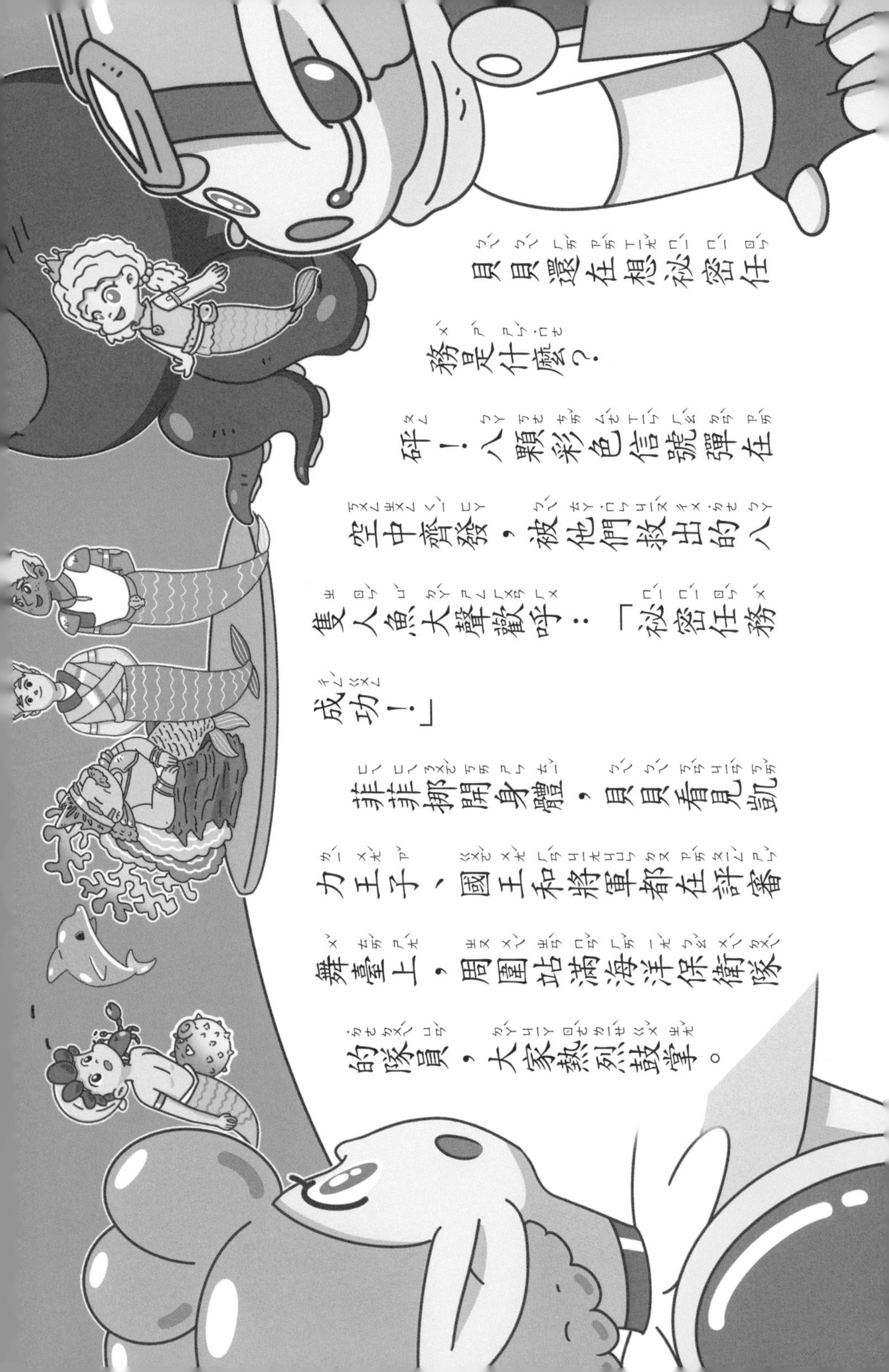

貝貝還在想祕密任務是什麼？

砰！八顆彩色信號彈在空中齊發，被他們救出的八隻人魚大聲歡呼：「祕密任務成功！」

菲菲挪開身體，貝貝看見凱力王子、國王和將軍都在評審舞臺上，周圍站滿海洋保衛隊的隊員，大家熱烈鼓掌。

凱力王子微笑著說：「第三關測驗緊急應變能力。我一直在旁邊觀察，評審也透過水波螢幕看到你們精彩的救援行動了。」

貝貝終於明白所有緊急狀況都是刻意安排的。

露露趕緊對菲菲說：「對不起！我們用恐怖歌聲嚇你，還把你綁成章魚燒。」

菲菲摸摸頭，笑嘻嘻的說：「不要真的把我烤成章魚燒就好了！」

恭喜你們成為海洋保衛隊正式隊員，請國王頒發徽章。

他們走上舞臺，讓國王別上閃亮的貝殼徽章。波波倒立用尾巴和大家擊掌，他們開心的大喊：「海洋保衛隊，帥啊！」

頒獎結束，他們正要走下舞臺時，國王說：「我還要頒發一個特別獎。」

特別獎？連凱力王子都不知道有這個獎項。

國王走到貝貝身邊說：「這次貝貝公主運用她的才能和隊員合作完成任務，讓我改變對女生加入保衛隊的看法。我要任命她擔任副隊長，協助隊長，保護海洋！」

「太棒了！」大家拍手歡呼。

國王為貝貝戴上金色海螺項鍊說：「加油！」

又驚又喜的貝貝開心的說：「謝謝爸爸！」

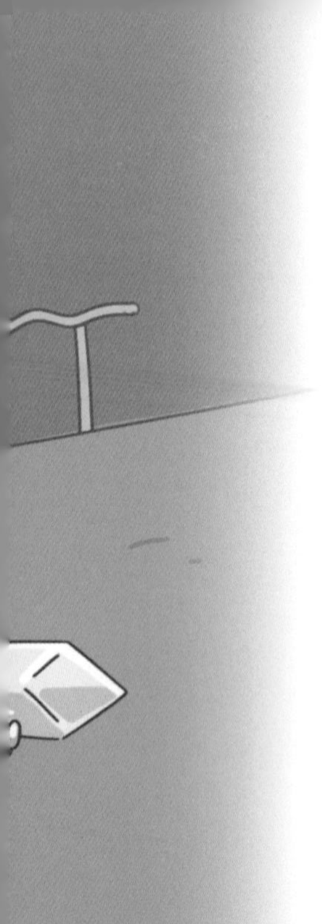

走下舞臺後，貝貝拉著露露和波波高興的說：「謝謝你們，我的願望實現了！沒想到還能當副隊長！」

「因為我們一起實踐三大密語啊！」露露得意的說。

「沒錯！」貝貝認真的說：「我以前都單打獨鬥，這次讓我知道和隊友一起合作，可以完成更艱難的任務！」

「沒錯！團結力量大。」凱力王子握拳。

以後要請「泡泡精靈公主隊」多幫忙了！
沒問題！

凱力王子一轉動牆面，立刻轉出一個爵士鼓樂團和豎琴，兩邊是擺滿美食的桌子。音樂響起，大家一起又唱又跳：「嗚啦啦嘎嘎嗚啦啦……」

「啊！魔音傳腦又來了！」菲菲要逃走時，波波馬上按下泡泡皮帶上的音樂按鈕，播放放鬆音樂的泡泡包住菲菲的頭，波波拉著牠一起跳八爪舞。

當大家開心玩樂時，露露告訴貝貝，他們必須快點帶回願望能量，拯救泡泡星。貝貝馬上帶他們游到夕陽西下的海面上。

貝貝拉著露露的手說：「我真心希望泡泡星永遠不消失，讓泡泡精靈幫助更多人實現願望。」

「謝謝你的願望！我們會努力保護泡泡星。」露露握緊貝貝的手。

在一旁和小海豚、菲菲玩球的波波，用尾巴把球拍給貝貝，說：「下次『泡泡精靈公主隊』再一起去執行任務喔！」

「沒問題！」貝貝把球拍回給波波。

7. 拯救泡泡星

露露和波波搭著泡泡飛船飛回泡泡星上空，看到好多泡泡飛船準備降落。

露露，快點降落！我們要趕快輸入願望能量，智慧錶和泡泡裝備才能恢復正常！
我知道。你看，泡泡星的破洞越來越多了！希望大家帶回夠多的願望能量，拯救泡泡星。

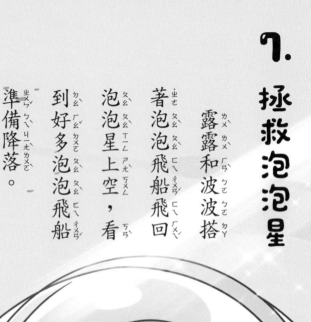

泡泡飛船一降落，他們立刻衝到願望能量球前面，看見泡泡精靈國王一臉擔心。泡泡任務機前面排滿泡泡精靈，他們正把泡泡智慧錶紀錄實現願望的能量輸入球中。

+500
太棒了！
好少喔！
喔耶，願望能量五百！

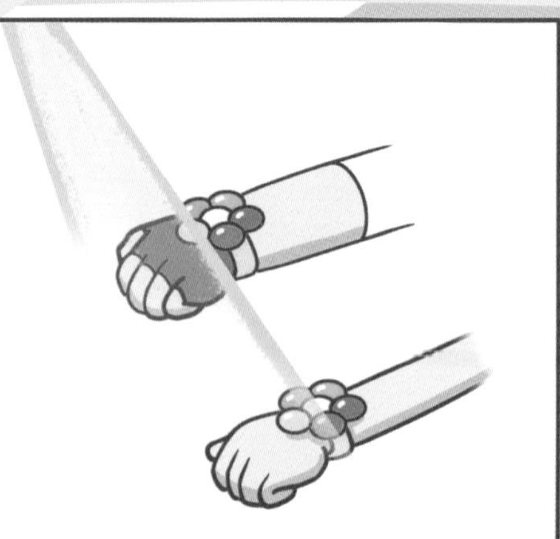

波波和露露的智慧錶一輸入，球中的能量指數馬上多了兩千。任務機發出聲音：

任務完成度：100%

任務難度：9 非常高

許願者滿意度：100%

特別願望：加贈200個泡泡彩虹圈

獲得泡泡彩虹圈：

波波 700+200個

露露 700+200個

泡泡彩虹圈累計：

露露 1990個

波波 1510個

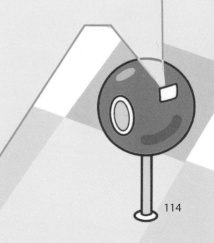

哇！謝謝貝貝最後許的特別願望——希望泡泡星永遠不消失。讓我們多了兩百個泡泡彩虹圈。
第一次有許願者為泡泡星許願，才有如此高的願望能量，你們值得額外獎賞，繼續加油！
沒問題！

隨著願望能量球中的能量指數越來越高，泡泡星的破洞慢慢修復，有些泡泡裝備也恢復正常了。

波波和露露看著泡泡智慧錶，開心的說：「訊息顯示正確了！」

許願者
人魚公主貝貝
願望
加入海洋保衛隊，
拯救海洋
許願次數：200 次以上
許願泡泡：200 顆以上
謝謝大家努力完成任務，泡泡星雖然還沒有完全修復，但是暫時不會消失了。今晚大家先好好休息吧！

今天出任務的狀況又多又驚險，好累喔！我要趕快去洗泡泡澡。
我要趕快去執行祕密任務！
什麼祕密任務？

今晚八點到泡泡遊戲室，你就知道了。我先走了！

泡泡遊戲室
晚上八點，請大家到泡泡遊戲室集合。
導演：波波
泡泡精靈大戰深海巨獸
我最愛的升級版泡泡眼鏡2000型，錄下我們大戰深海巨獸的過程。請大家戴上AR眼鏡，享受驚險刺激的影片吧！

泡泡實驗室升級設備

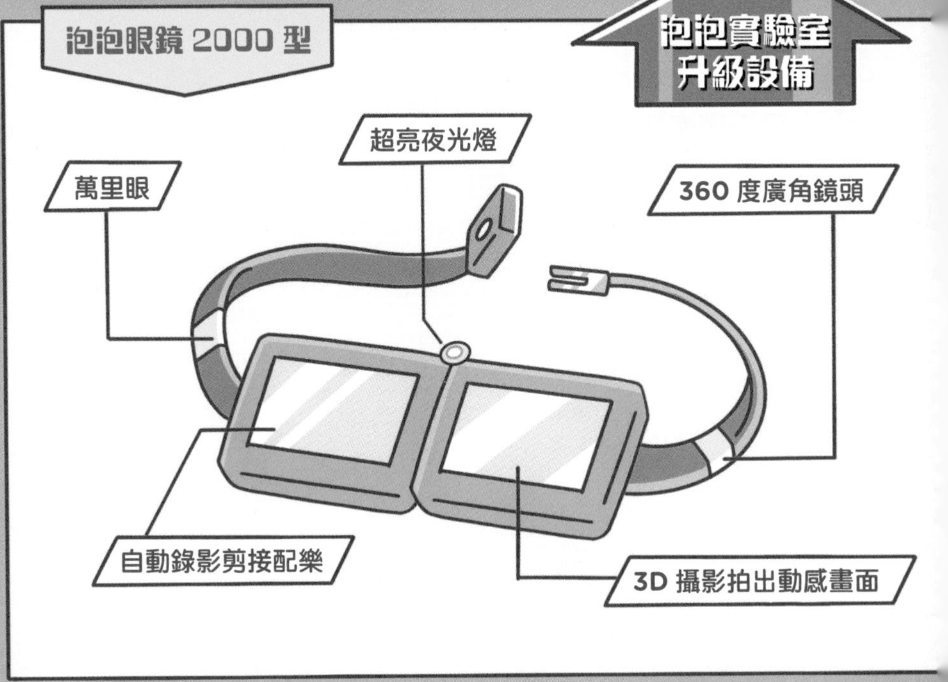
泡泡眼鏡 2000 型
超亮夜光燈
萬里眼
360 度廣角鏡頭
自動錄影剪接配樂
3D 攝影拍出動感畫面

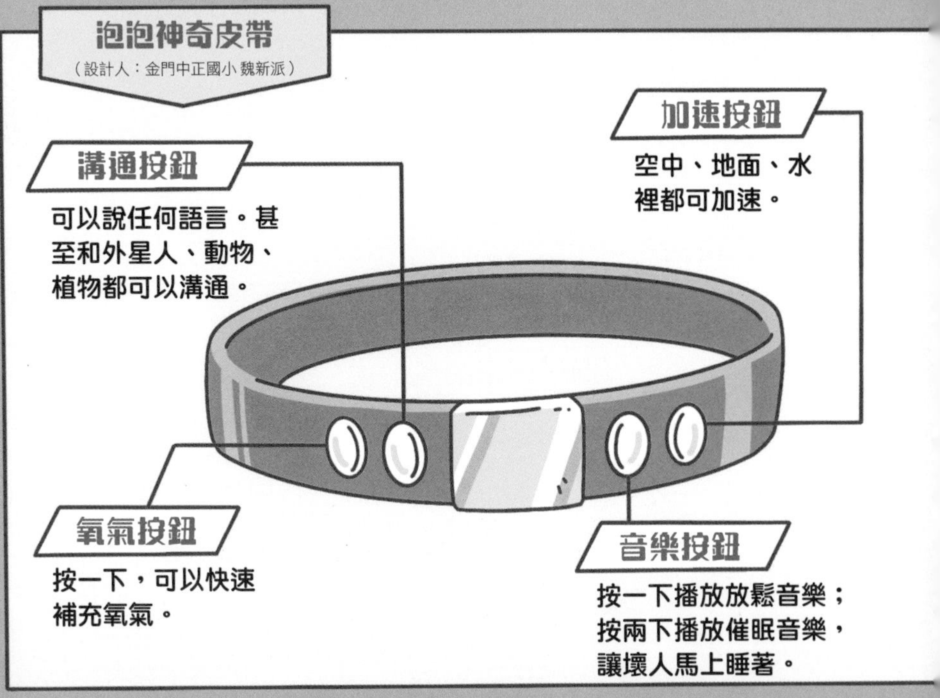
泡泡神奇皮帶
（設計人：金門中正國小 魏新派）
加速按鈕
空中、地面、水裡都可加速。
溝通按鈕
可以說任何語言。甚至和外星人、動物、植物都可以溝通。
氧氣按鈕
按一下，可以快速補充氧氣。
音樂按鈕
按一下播放放鬆音樂；按兩下播放催眠音樂，讓壞人馬上睡著。

閱讀123